# 诗意远方

SHIYI YUANFANG

刘 合 / 著

石油工业出版社

图书在版编目（CIP）数据

诗意远方 / 刘合著 . —北京：石油工业出版社，2024.3

ISBN 978-7-5183-6558-6

Ⅰ.①诗… Ⅱ.①刘… Ⅲ.①五言绝句—诗集—中国—当代 Ⅳ.① I227

中国国家版本馆 CIP 数据核字（2024）第 042671 号

责任编辑：王　瑞
责任校对：刘晓雪
封面设计：周　彦

出版发行：石油工业出版社
（北京安定门外安华里 2 区 1 号　100011）
网　　址：www.petropub.com
编辑部：（010）64523541　图书营销中心：（010）64523633
经　　销：全国新华书店
印　　刷：北京中石油彩色印刷有限责任公司

2024 年 3 月第 1 版　2024 年 7 月第 2 次印刷
710×1000 毫米　开本：1/16　印张：10.25
字数：100 千字

定价：63.00 元
（如出现印装质量问题，我社图书营销中心负责调换）
版权所有，翻印必究

# 诗意远方寄念情（序）

日常生活中，人们心中常怀有一种向往未知的梦想和情愫，那是一种对诗意远方的想象和期许，更是一种心灵深处对美好、真善、仁爱以及自由的探索和追求。拜读好友刘合院士的《诗意远方》，我以为，这部新著对"生活不止眼前的苟且，还有诗和远方"这句名言做出了直观、深刻的诠释。

刘合是中国工程院院士、能源与矿业工程管理专家，作为科技领域响当当的人物，他在摄影界同样声名震耳，2022年出版了《科学之光　艺术之影——刘合摄影作品集》，2023年又应邀出任北京公益摄影协会名誉主席。《诗意远方》是他新近出版的摄影、诗文作品集，全书共分"人间印迹""人间风物""人间四时""人间烟火"四篇，收录摄影作品125幅、五绝配诗123首。摄影与诗词交相辉映，文字与图片相得益彰，诗意与远方相互融汇，令人赏心悦目、心旷神怡、击节称赞。

远方，因赋予诗意，更加浪漫绚丽、意蕴丰富，给人无限遐想。刘合老师用镜头记录地球上的万千气象，捕捉自然界的百态美景，以物咏人，摄物抒怀，呈现的是自然写真，表达的是真情实意，创作的摄影作品和五言绝句自然别具一格、独具魅力。"**蜡梅花吐蕊，一缕暗香飘。绽放枯枝上，忠贞傲骨娇。**""**盛夏荷花映，多姿百态仙。暗香浮动净，傲骨配红莲。**"拍的、写的都是凌霜傲雪的蜡梅和多姿百态的荷花，《蜡梅》和《夏荷》这两首五绝，映照的却是刘合院士身为知识分子的铮铮风骨和高洁品德，令人敬佩，让人仰慕。

我和刘合老师相识已六年有余，与之交往，如饮甘泉，总是被他的真诚、坦率打动。2022年6月，刘合院士应邀在第二届科学、艺术与文化遗产高峰论坛上做主旨报告，因报告的人数多，我担心时间失控，主持时便对第一个作报告的他提出了必须守时的要求。谁知他竟提前15分钟结束报告，给后续报告人做出了表率、预留了时间，令人感动。"幽谷观君子，缤纷五彩妆。花开香四溢，风雅自流芳。"《咏兰》摄影作品和五绝诗句，描述的不正是刘合老师这种乐于成人之美、待人宽厚诚恳的谦谦君子吗？

远方，因存续友爱，更加感情丰沛、温馨动人，让人倍加珍稀。我与刘合老师交往，收益良多，感触颇深。2023年我出版科学文化随笔集《青诗白话道真言》，刘老师欣然撰写推荐语，并专门赋诗祝贺："好书情意读，受益者心欣。布道从容谈，诗文学海勤。"这首题为《好书推荐》的五绝，也被收入《诗意远方》，是对我文学创作的莫大鼓励，令我深受鼓舞、十分惊喜。

刘合老师是东北人，生长于白山黑水，一生从事石油勘探、开采、管理工作，虽外表粗犷、性格豪放，但内心纤细、心藏仁爱。"夜眠清早起，应有惜花人。夏日艳阳照，平安你我身。"对应这首《惜花》五绝的摄影作品，是蓝天下三朵盛开的娇媚睡莲。表面上看，作者是在写惜花、拍爱花，内心表达的却是刘合老师对亲朋好友身体健康、生活美满的衷心祝福。

2020年12月8日，刘合老师的一位老领导、同事、好友因病不幸逝世，一年后，他写下五绝《老友周年祭》："周年诗祭拜，师友谊亲情。心感知恩遇，苍天念至兄。"与诗相配的是一丛鲜艳的金菊摄影作品，表达了刘合老师对亦师亦友故人的深深感激和怀念，读后令人动容。

《诗意远方》完成于三年新冠肺炎疫情期间，第三篇和第四篇中有多首五绝记录了广大民众在这段艰难时期的苦闷情愁、担心期盼、拼搏抗争的复杂心理，而《疫情狞》《齐援手》两诗则彰显了刘合院士的忧思和大爱："静赏飞花落，随缘旨在清。心翔矜动跃，谨记疫情狞。""江城临病毒，肺疾染黎民。四面齐援手，炎黄一脉亲。"

远方，因寄托愿景，更加多彩多姿、充满神秘，令人无比向往。人们努力工作、学习，就是为了追求美好的生活，实现憧憬的愿景和梦想。远方，或许是一朵悠然自在的白云，或许是一片广袤青盛的草原，或许是一汪蔚蓝雪卷的大海，也或许是一望浩瀚无涯的星空，更或许是一方安宁友善的净土。这些都是我们向往的愿景，它们有着无穷的魅力，吸引着我们为之跋涉、登攀。

"夜色雪山秀，蓝天寂静清。高原行摄苦，美景眼球赢。"这就是刘合老师镜头里、诗意中的《雪山》：险峻、圣洁、深邃；没有"高原行摄苦"，哪来"美景眼球赢"？

有梦想的地方，就会有风景；有愿景的地方，就要去追寻。当我们怀揣着诗意远方的梦想和愿景前行时，随处都可感受到这个世界种种的神奇美妙，时时都能触拨响我们内心细细的感动琴弦。此时，你会觉得，所有为之的付出、痴迷、癫狂，都是完全值得的。有刘合老师拍摄的《夕照佛香阁》和配写的五绝为证："夕照佛香阁，金光沐浴朦。百年奇景美，影友摄魂疯。"

远方，因预示难达，更加艰辛曲折、筚路蓝缕，催人努力奋进。刘合院士是我国采油工程领域的重要领军人物，常年工作在油田一线，单在大庆油田就工作了28年之久。科研、摄影与诗词创作，看似风马牛不相及，但他却在这三个截然不同的领域自由行走、融会贯通、硕果三收。我想，这无疑得益于他的专注、勤奋和创新。

抽油机是油田上数量最为庞大、最具标志性的设备和景物，也是刘合老师最为专注的摄影对象。"叩首荒原上，油龙出海忙。黑金能奉献，机采美名扬。"五绝和摄影《抽油机》作品，与其说是在颂赞不分昼夜地向大地"鞠躬叩头"、把埋藏在地下的石油源源不断地举升到地面的抽油机，不如说是千千万万个像刘合这样"身披天山鹅毛雪，面对戈壁大风沙，嘉陵江畔迎朝阳，昆仑山下送晚霞"石油人的真实写照。

我和刘合老师曾多次一同参加学术、科普活动，每次见他都是见缝插针安排时间，微信中见他常常也是赶最早的飞机出发，乘最晚的航班归来，公务繁忙，效率奇高。一首《夜航》五绝，道尽了奔波中的辛劳和收获后的欣慰："红眼航班乘，身心疲乏怜。辛勤加使命，努力肯钻研。"

刘合院士善于理论联系实际，创造性地解决生产实际中的各种疑难技术问题。他创建了采油工程技术与管理"持续融合"工程管理模式，攻克了精细分层注水、油气储层增产改造等一系列采油工程关键技术，解决了尾矿资源最大化利用和低品位储量规模效益开发等重大难题，先后5次荣获国家技术发明奖和国家科学技术进步奖。"创新无止境，认识再提升。勘探禁区进，能源产业兴。"这首《创新无止境》五绝，从一个侧面反映了他对科研，生产中创新、创造、创意的永无止境追求，是"诗意远方"仰望星空、脚踏实地的具体体现。

远方，因充满禅意，更加超凡脱俗、清澈明透，引人宁静致远。诗意的远方是一种美好的精神寄托，更是一种生活的探索和拼赌。现实生活中，当我们陷入琐碎和烦恼之中时，远方成为我们心灵的避风港，成为引导我们搏风斗浪的指示标。2007年，刘合老师被诊断患有恶性肿瘤并做了大手术，术后曾一度情绪低落、不知所措。后经朋友点拨，他开始拿起相机钻研摄影艺术。从此，自然风景、历史遗迹、人文景观、工作场景都成为他镜头捕捉的对象；行山川湖泊，观落日朝霞，看花鸟虫鱼，揽晨云暮霭，以镜头为笔，以摄影为乐，以作品抒情，对生活和世界的热爱再度被激发。"**得失随缘走，心无苦恼愁。只求轻简过，更上一层楼。**"一首《随缘》五绝，昭示着他生活的变化、心境的转换、眼界的提升、思想的升华。

刘合老师待人随和、宽容、大度，与人交谈，脸上总是挂着微笑，让人如沐春风。2023年底，我邀请他参加在温州举办的科普活动，一同为公众做科普讲座，接待方是一群热心科普、有志作为的年轻人，在街头排挡用一碗十几元钱的当地特色鱼粉招待我们，刘合老师吃得津津有味，我想添一点小菜、饮料，他硬是不肯。大会报告时，年轻的主持人既没事先告知刘老师报告的时间安排，还把他安排在最后一位做报告，轮到刘老师时，他已在台下坐等了4个多小时。我直埋怨主持人考虑不周，刘老师却毫不介意，不让我批评活动组织者。"**清雾湖滨起，微风绿树飘。仙家缘自我，心绪伴明昭。**"读《清雾》五绝，赏《清雾》摄影，一个淡然、洒脱、宽厚、仁慈的学者形象浮现在我眼前。

近年来，刘合老师又开始了学写诗，"试图给自己的生活增添乐趣和文化人的恬淡"，"把中华文化底蕴加深一点，把自己的文学素养提升一点，把老年生活丰富一点"。他从字数最少的五言绝句起步，四处拜师，随时讨教，笔耕不辍，诗影合璧，《诗意远方》便是他坚持不懈的收成、孜孜不倦的回报。

科学研究旨在破解未知、了解真相、寻求真理、发现规律；摄影通过光学镜头用眼睛观察世界、探寻自然，重在精神文化创意；诗词创作更是一门直击灵魂的艺术，重在人文情怀的表达。在刘合老师看来，这三者并没有严格的界限，本质上是相通的，都是求真、求善、求美，都寄托着人类对美好愿景的向往和追求。

诗意的远方也是一种内心的自由，更是一种生活的体验和享受。当我们受到各种束缚和限制，无法尽情展现自己的才华时，在诗意的远方，我们可以放飞想象的翅膀，尽情表达自己最真挚的情感和渴望，释放内心的冲动与激情。"日上白山夜江听，黑水云航静。素衣孤影，丘壑难平，年少踏歌行。//借得东风化寒冰，九州会群英。尘烟拂尽，寒窑生辉，归来自清明。"（调寄《少年游》）曾经的书生意气、风华正茂、激扬文字少年，如今已是功成名就、横跨多界、超脱卓然的花甲学者，端的是："**蓦然回首事，欲语少言轻。淡泊头清爽，心平悦色明。**"（《淡泊》）。

作为中华传统诗歌的一种常见体裁，五言绝句具有简洁明了、含蓄深远、以小博大、以少见多的特点，了了二十个字便能展现出一幅幅清新、娟丽的画图，描绘出一种种壮美、辽阔的意境，传达出一行行深邃、隽永的哲思。因字少、句短、意丰，五绝可谓最难写，要求炼字、炼句、炼意，惜字如金，力争每个字都具有最大的弹性和张力，每一句诗都包含最为丰富的意蕴和情感。如此看来，刘合老师在这方面还有很大的改进空间，还有更大的提升潜力，也给我们留下了更多的欣喜期盼。

谨填《浣溪沙》词一首，祝贺《诗意远方》出版：
诗意远方寄念情，五绝摄影念情倾，交叉跨界贺才英。
科技人文相互映，真仁美善共和鸣。新书付梓献瑰琼。
是为序。

2024 年 3 月 1 日于北京

苏青，博士，研究员，曾任科学普及出版社社长、中国科学技术馆党委书记，现任中国青少年科技教育工作者协会副理事长。

## 自序

人一过六十岁，总有一种想歇歇脚再出发的感觉，时间充裕了，思想也活跃了，时不时会有些奇思异想，甚至还有立即付诸行动的冲动，试图给自己的生活增添些乐趣和文化人的恬淡。

中国悠久的传统文化孕育出一种古典的生活方式，那就是"古八雅"：琴、棋、书、画、诗、酒、花、茶。曾有诗云："善琴者通达从容，善棋者筹谋睿智，善书者至情至性，善画者至善至美，善诗者韵至心声，善酒者情逢知己，善茶者陶冶情操，善花者品性怡然。"这八雅，对于我来说，无一可以说善，如果硬要靠上一个，茶可能还沾一点边，平时喝点茶，谈不上品，仅能分清红茶绿茶而已。经过多日的思考，琢磨来琢磨去，得找点事干，既要多些文化味，还显得很有学问，最快速入门的，首选还是学写诗。

无论学习什么必先了解其规则、方法，向书本学习，向前辈学习。我找来《中国古典诗词感发》《唐诗三百首全解》《宋词三百首全解》等书籍翻翻看看。填词有点麻烦，我学不来；现代诗长短不好掌控，我也学不来；律诗虽然为字数及平仄规则所制约，语法上要求却比较自由；绝句比律诗的字数少一半，五言绝句只有二十字，中规中矩，简单明了，基本符合我的性格，那就学五言绝句了。

绝句分为古绝和律绝两类。古绝可以用仄韵，即使是押平声韵的，也不受近体诗平仄规则的束缚。律绝跟律诗一样，押韵限用平声韵脚，并且依照律句的平仄，讲究粘对。

韵是诗词格律的基本要素之一，诗人在写诗填词时用韵，叫作押韵。从早期的《诗经》到后来的诗词，基本上没有不押韵的诗词。

五言绝句有平水韵、新韵和通韵，又分为仄起式和平起式，仄起式——仄仄平平仄，平平仄仄平。平平平仄仄，仄仄仄平平。最典型的就是唐代王之涣的《登鹳雀楼》："白日依山尽，黄河入海流。欲穷千里目，更上一层楼。"平起式——平平平仄仄，仄仄仄平平。仄仄平平仄，平平仄仄平。最典型的就是唐代李端的《听筝》："鸣筝金粟柱，素手玉房前。欲得周郎顾，时时误拂弦。"

初学写诗并不易，信息技术的普及慢慢淡化了人们对中国文字博大精深的理解和把握，我自己对汉字以及声韵的掌控也比较差，因此，这是一个深入学习、持续学习的过程。于是，我开始搜肠刮肚地寻找合适的字填到我的诗里，也使自己对汉字有了新的认识。特别是看到一些优美和意义深远的场景，总想记录一下，抒情表达一下，加之我对摄影的爱好和痴迷，精美的图片加上诗情画意的文字，真是完美结合，每每完成一个作品，心里真是美滋滋。

如此坚持写下来，日积月累，仔细收集整理一下，还真有百十首，也开启花甲老人的正常生活图景。身边的几个老友也在做这件事情，我们经常切磋。如此坚持，把中华文化底蕴加深一点，把自己的文学素养提升一点，把老年生活丰富一点。

# 目录

## 篇壹 人间印迹

| | |
|---|---|
| 窗外 | 02 |
| 夜航 | 03 |
| 海南行/欢愉行 | 05 |
| 威尼斯 | 06 |
| 元阳梯田 | 09 |
| 圣彼得堡 | 10 |
| 延安学习有感 | 12 |
| 再见延安 | 13 |
| 白云 | 15 |
| 永续发展 | 17 |
| 群英会 | 18 |
| 濠江行 | 20 |
| 胖五再出征 | 21 |
| 泉城会议 | 22 |
| 破彷徨 | 23 |
| 抽油机礼赞 | 24 |
| 忙碌 | 26 |
| 宜兴行 | 28 |
| 创新无止境 | 29 |
| 幽阳巡 | 30 |
| 别彷徨 | 31 |
| 久违离京 | 32 |
| 老友聚 | 33 |
| 观布拉迪斯拉发 | 34 |

## 篇贰 人间风物

| | |
|---|---|
| 鹤 | 36 |
| 雪山 | 37 |
| 虎丘公园 | 38 |
| 登五指山 | 39 |
| 咏兰 | 40 |
| 青瓦红墙 | 41 |

| | |
|---|---|
| 红满枝头 | 42 |
| 祥云出 | 43 |
| 太平鸟 | 44 |
| 见彩虹 | 45 |
| 雪 | 46 |
| 娄山关 | 47 |
| 蜡梅 | 48 |
| 红果 | 49 |
| 吐芳菲 | 50 |
| 佛光 | 51 |
| 长白山 | 52 |
| 树成图 | 53 |
| 云雾 | 54 |
| 古运河 | 55 |
| 雪域彩虹 | 56 |
| 清雾 | 58 |
| 颐和园雪 | 59 |

| | |
|---|---|
| 天坛雾 | 60 |
| 沙尘来 | 61 |
| 孤月明 | 62 |
| 舞羽翩 | 63 |
| 紫藤 | 64 |
| 花初放 | 65 |
| 惜花 | 66 |
| 轻风花露 | 67 |
| 暮色 | 69 |
| 白云蓝天下 | 70 |
| 细雨 | 72 |
| 清风 | 73 |
| 凌霄花 | 74 |
| 石榴花 | 75 |
| 梅溪湖大剧院 | 76 |
| 日落山峦静 | 78 |
| 夕照佛香阁 | 79 |

## 篇叁 人间四时

| | |
|---|---|
| 清雾漫山 | 80 |
| 夕暮西山 | 81 |
| 落叶成诗 | 82 |
| 桂花香 | 83 |
| 昙花 | 84 |
| 春来了 | 86 |
| 春雪 | 88 |
| 西堤春 | 89 |
| 夏荷 | 90 |
| 夏雨荷 | 91 |
| 秋离别 | 93 |
| 京秋 | 94 |
| 红柿 | 95 |
| 秋来 | 96 |
| 夏去秋来 | 97 |
| 秋美 | 98 |
| 风景画如诗 | 99 |
| 秋色 | 100 |
| 红叶情 | 101 |
| 秋香五彩 | 102 |
| 叶落知秋 | 103 |
| 秋日 | 104 |
| 清秋 | 105 |
| 冰雪奇 | 107 |
| 岁末 | 109 |
| 冬韵 | 110 |
| 花叶落 | 112 |
| 冬荷 | 113 |
| 瑞雪 | 114 |

## 篇肆 人间烟火

| | |
|---|---|
| 人间烟火 | 118 |

| 忆故人 | 119 |
| 淡泊 | 120 |
| 除夕夜 | 121 |
| 国庆颂一 | 123 |
| 国庆颂二 | 124 |
| 国庆颂三 | 125 |
| 除夕 | 126 |
| 齐援手 | 127 |
| 随缘 | 128 |
| 岁尾 | 129 |
| 老友周年祭 | 130 |
| 国粹 | 131 |
| 元宵节 | 132 |
| 六十一岁有感 | 133 |
| 清明祭 | 134 |
| 盼望 | 135 |
| 好书推荐 | 136 |

| 淡香愿 | 137 |
| 喜气祥 | 138 |
| 念乡愁 | 140 |
| 喜泛舟 | 141 |
| 野餐山水涧 | 143 |
| 疫情狞 | 144 |
| 老友情 | 145 |
| 微光 | 146 |
| 顺康安 | 147 |
| 辞旧迎新 | 148 |
| 迷茫 | 149 |
| 古龙腾飞 | 150 |

篇壹 人间印迹

## 窗外

行在云层里,
机窗鸟瞰川。
孤烟沙漠起,
山脊有神仙。

（作于2017年11月）

坐在从迪拜回京的飞机上,望窗外的山川河流有感。

篇壹 人间印迹

近期会议较多,为了赶时间经常乘夜间航班。

### 夜航

红眼航班乘,
身心惫乏怜。
辛勤加使命,
努力肯钻研。

(作于2018年7月)

赴海口参加人力资源和社会保障部专家休假考察活动，有感赋诗两首：《海南行》《欢愉行》。

篇壹 人间印迹

## 海南行

冬日琼州走，
微风扑面来。
偷闲忙碌里，
仲夏悄然回。

## 欢愉行

十日欢愉旅，
轻松喜悦心。
今朝情未了，
再会候佳音。

（作于2018年12月）

## 威尼斯

天际霞光现，
虹霓映水城。
初望疑似火，
却是画争鸣。

（作于2019年3月）

人间印迹

参加IGU（国际天然气联盟协会）执委会，早上霞光满天。

## 元阳梯田

写意梯田秀，
风光影变奇。
元阳仙境在，
遗产摄人痴。

（作于2019年4月）

世界石油大会在圣彼得堡召开,《列宁在十月》等老电影浮现眼前。

## 圣彼得堡

彼得城区秀,
炮声十月隆。
心怀情义爽,
冬夏两宫雄。

(作于2019年6月)

红色之旅教育

## 延安学习有感

延河吟宝塔,

窑洞写新篇。

枣树油灯下,

千秋伟业宣。

(作于 2019 年 9 月)

## 再见延安

阴雨连绵日,
研修事理清。
延河歌有意,
使命促光荣。

（作于2019年10月）

2019年9月22日，第十五届海峡两岸气候变迁与能源永续发展论坛在我国台湾举行。这一年的主题是绿色电力与低碳管理，论坛内容比较丰富，两岸都有责任推动低碳经济，都有可借鉴之处，有感赋诗三首：《白云》《永续发展》《群英会》。

## 白云

珍珠疑似落,
天际见银泉。
云朵飘窗外,
随风化入烟。

（作于2019年9月）

## 永续发展

永续新篇展,
台泥业务精。
减排成效大,
绿色社区赢。

(作于 2019 年 9 月)

## 群英会

两岸群英会,
论坛热议浓。
能源加气候,
理解互通融。

(作于2019年9月)

篇壹 人间印迹

应澳门科技大学邀请讲学。

## 濠江行

两日匆忙路，

濠江技艺宣。

和谐科学旺，

登上耀荣船。

（作于 2019 年 10 月）

## 胖五再出征

长五苍穹现，
神州把酒斟。
创新攻险阻，
火箭奏佳音。

（作于 2019 年 12 月）

长征五号大动力火箭成功发射，预示我们国家空间事业又有了新的发展，文昌观看火箭发射有感。

## 泉城会议

泉城开大会，

战略议工程。

还得东风借，

和谐发展赢。

（作于 2019 年 12 月）

2019 年，在济南召开国际工程科技发展高端论坛。

### 破彷徨

烟雨朦胧现，
前方雾阁茫。
狮城情意惬，
期盼破彷徨。

（作于2019年12月）

## 抽油机礼赞

叩首荒原上,
油龙出海忙。
黑金能奉献,
机采美名扬。

(作于 2020 年 3 月)

人间印迹

回大庆拍抽油机是我必选的事。尽管抽油机已有100多年的历史，但是在历史的长河中它始终和石油人共生存，每次拍它们总有一种亲切感。

## 忙碌

云朵蓝天下，

红妆绿草茵。

抽油忙碌态，

环境协同珍。

（作于2022年8月）

## 宜兴行

落日红霞美，
浮云水里飘。
倾情游竹海，
心绪尽逍遥。

（作于 2020 年 8 月）

## 创新无止境

创新无止境，
认识再提升。
勘探禁区进，
能源产业兴。

（作于 2021 年 9 月）

青海油田"英雄岭"页岩油探井井场。

## 幽阳巡

疫控解封急，
幽阳病毒巡。
无为明对起，
不可善其身。

（作于 2022 年 12 月）

## 别彷徨

穿越白云里，
欣然走四方。
日程忙碌起，
心静别彷徨。

（作于 2022 年 8 月）

## 久违离京

今日离京走,

湘江议热题。

机场人迹少,

预测返家凄。

(作于2022年11月)

篇壹 人间印迹

## 老友聚

院士湖湘见，
安谐共议谋。
人灵欢喜美，
老友再回眸。

（作于 2022 年 11 月）

2022 年，受疫情影响，国际工程科技发展高端论坛在长沙梅溪湖召开。召开这次大会实属不易，老友相聚十分开心。

## 观布拉迪斯拉发

俯瞰老城景,

钟楼色彩妆。

情怀多瑙岸,

缥缈圣歌扬。

(作于 2024 年 3 月)

篇贰

人间风物

## 鹤

秋冬南往鹤,
好鸟碧天翔。
早出迟归苦,
辽河美片扬。

（作于2015年11月）

## 雪山

夜色雪山秀，

蓝天寂静清。

高原行摄苦，

美景眼球赢。

（作于2016年7月）

## 虎丘公园

斑驳灰青瓦,
枫红叶恋辞。
游船孤独远,
悟道静心知。

(作于2018年8月)

## 登五指山

细雨朦胧走，
溪流伴水潺。
苍岩林茂秀，
攀五指山艰。

（作于2018年12月）

在蒙蒙细雨中登五指山，探昌化江源头，走栈桥路滑艰难，但还是看见了源头，不易。

昌江海南热科院兰花园

## 咏兰

幽谷观君子,
缤纷五彩妆。
花开香四溢,
风雅自流芳。

(作于2018年12月)

## 青瓦红墙

青瓦红墙衬，

春来瑞雪扬。

丰年今预兆，

福到送花香。

（作于 2019 年 3 月）

## 红满枝头

红满枝头艳，

成荫绿叶姿。

微风轻雨拂，

花影舞庭诗。

（作于2019年5月）

## 祥云出

千里朦胧日，
祥云映彩湖。
劲风霾散静，
心绪喜愉呼。

（作于 2019 年 8 月）

## 太平鸟

红果招饥鸟,
凌冬觅食忙。
虽然风雪大,
连雀自翱翔。

(作于2019年11月)

## 见彩虹

金沙朦细雨，
惊现一弯弓。
烦恼忧愁弃，
明晨接喜风。

（作于2019年12月）

新年的第一场大雪,预兆丰年。

## 雪

昨夜梨花落,
今晨赏素妆。
尘埃银雪覆,
琼玉阁楼祥。

(作于2020年1月)

篇贰 人间风物

## 娄山关

娄山关隘险，
敌阻路艰辛。
勇士鏖兵战，
航程破雾尘。

（作于2020年1月）

## 蜡梅

蜡梅花吐蕊，
一缕暗香飘。
绽放枯枝上，
忠贞傲骨娇。

（作于 2020 年 2 月）

篇贰 人间风物

## 红果

凌雪落红果,
苍茫大地祥。
太平来做伴,
欢喜去寒霜。

（作于2020年2月）

## 吐芳菲

阳春三月雨,
枯木吐芳菲。
送走瘟神去,
心驰喜讯归。

(作于 2020 年 3 月)

## 佛光

又见佛光现,
苍天送吉祥。
平安心态稳,
祈盼自然堂。

(作于2020年4月)

飞机上的光影折射总能让人遐想。

## 长白山

长白余晖美,

池峰险峻奇。

风飘云锦散,

美景化成诗。

（作于 2020 年 10 月）

## 树成图

一缕阳光照,
黄枫映水珠。
天蓝霾远遁,
喷洒树成图。

(作于 2020 年 10 月)

## 云雾

静谧雪山秀,
登高见皓穹。
途行云雾处,
归去夕阳红。

(作于 2020 年 11 月)

## 古运河

古运河冬夜，
红灯挂两旁。
水屋风景美，
航路喜繁忙。

（作于2020年11月）

## 雪域彩虹

新疆春日艳，
雪域彩虹惊。
骏马伴花草，
心弦奏畅情。

（作于 2021 年 6 月）

稿贰 人间风物

### 清雾

清雾湖滨起,
微风绿树飘。
仙家缘自我,
心绪伴明昭。

(作于2021年11月)

## 颐和园雪

皇园冬客韵，
山顶赐银花。
奇秀披湖畔，
金銮雪日遮。

（作于 2021 年 11 月）

### 天坛雾

云雾天坛罩，
皇家韵苑情。
风飘丝雨润，
涤后愈清明。

（作于 2021 年 12 月）

篇贰 人间风物

## 沙尘来

华北沙尘起，
西山落日朦。
皇园风打柳，
游客步履匆。

（作于2022年4月）

## 孤月明

夏季壬寅到,
颐园夕照游。
文昌孤月亮,
星寥阁楼惆。

（作于2022年5月）

篇贰 人间风物

## 舞羽翮

夏来飘五彩,
云朗气清婵。
天下太平愿,
芳心舞羽翮。

(作于2022年5月)

## 紫藤

紫藤花蔻落，

俊秀色斑斓。

五月祈安盼，

红墙映笑颜。

（作于2022年4月）

篇贰 人间风物

## 花初放

四月花初放，
嫣红柳绿莺。
疫霾仍未散，
心稳盼天晴。

（作于 2022 年 4 月）

## 惜花

夜眠清早起，

应有惜花人。

夏日艳阳照，

平安你我身。

（作于2022年5月）

## 轻风花露

溅玉飞珠落，

晶馨剔透明。

轻风花露遇，

美妙俏香情。

（作于 2022 年 5 月）

## 暮色

暮色映山顶，

金光罩阁楼。

游园需谨慎，

期盼泛舟悠。

（作于 2022 年 5 月）

## 白云蓝天下

白云蓝蔚配，
炎夏俏然来。
柳舞鸭隐绿，
皇园笑逐开。

（作于 2022 年 6 月）

篇贰 人间风物

# 细雨

细雨绵绵落，

时光静好寻。

婉柔晨曲颂，

诗酒一杯斟。

（作于2022年6月）

## 清风

窗外花开落,
清风细雨云。
余香无尽念,
慢品洁馨氛。

(作于2022年6月)

## 凌霄花

静赏凌霄秀,
花藤蔓紧连。
妙哉融合美,
看似画呈仙。

(作于2022年6月)

## 石榴花

石榴花吐艳,
暖雨落芳茵。
明媚燃娇火,
融晴夏景新。

(作于 2022 年 7 月)

## 梅溪湖大剧院

梅溪湖剧院,
洁白线条萦。
建筑人文景,
欣愉艺术情。

（作于 2022 年 7 月）

梅溪湖国际文化艺术中心大剧院是长沙市标志性建筑,由荣获普利兹克建筑奖的扎哈·哈迪德女士担纲设计。采用花瓣入梅溪湖激起不同形态涟漪的概念。

## 日落山峦静

日落山峦静，

红霞映满江。

水天清慧秀，

大美世无双。

（作于 2022 年 8 月）

### 夕照佛香阁

夕照佛香阁，

金光沐浴朦。

百年奇景美，

影友摄魂疯。

（作于 2022 年 9 月）

### 清雾漫山

清雾漫山顶，
仙家妙解愁。
虚无聊喜悦，
我自静遥游。

（作于2022年9月）

## 夕暮西山

凉风宽信念,
一叶仲秋潇。
夕暮西山耀,
腾飞梦想超。

（作于 2022 年 9 月）

## 落叶成诗

秋荷湖边秀,
随风逸荡时。
婉禅多彩画,
落叶已成诗。

（作于2022年9月）

## 桂花香

孤独过重九,
皇园迎吉阳。
秋寒飘叶季,
花桂已飞香。

（作于 2022 年 10 月）

家里的昙花养了近十年，终于开花了。

## 昙花

昙花开富贵，

美妙养精神。

洁白欢愉感，

凋零亦韵珍。

（作于 2022 年 11 月）

篇叁 人间四时

## 西堤春

西堤花落地,
杨柳吐新芽。
春暖冬辞远,
皇园裹绿纱。

(作于 2020 年 3 月)

春季的颐和园西堤,总是吸引无数游人赏花观景,今年稍微晚去了一周,花瓣有些凋落,但别有一番情趣。

篇叁 人间四时

87

## 春雪

西堤花遇雪,

万寿裹银妆。

御景丰年好,

佳怡福吉祥。

(作于2022年3月)

## 春来了

春来馨苑语,

润物细无声。

山水知情谊,

花香醉美琼。

(作于2022年4月)

## 夏荷

盛夏荷花映，

多姿百态仙。

暗香浮动净，

傲骨配红莲。

（作于2022年6月）

## 夏雨荷

夏雨荷繁茂，

花仙隽秀连。

暗香心惬意，

洁白自怡然。

（作于 2022 年 7 月）

篇叁 人间四时

## 秋离别

一抹秋离别,
霜催树木残。
金黄红紫艳,
叶落即生寒。

（作于2017年11月）

# 京秋

京城秋意媚，
银杏叶金黄。
晴雾微风暖，
晨曦起瑞祥。

（作于2019年10月）

## 红柿

万物皆惆怅，

秋来叶落稀。

漫山红柿现，

甘味入情扉。

（作于 2019 年 11 月）

## 秋来

夏去映新景,
初秋醉眼朦。
斑斓呈五彩,
硕果日昌隆。

(作于 2020 年 8 月)

### 夏去秋来

夏走秋风瑟,

清凉悦畅恢。

人安瘟疫散,

苦尽悉甘来。

(作于 2022 年 9 月)

## 秋美

四季当秋美,
归根叶落家。
景明天畅想,
万物竞饶嘉。

(作于2022年10月)

## 风景画如诗

秋意离情厚,

山乡静美宜。

心飞矜动跃,

风景画如诗。

(作于 2022 年 10 月)

## 秋色

秋色迎宾客，

缤纷五彩时。

出门需细虑，

保暖御寒知。

（作于2022年10月）

## 红叶情

红叶秋深宠,
风光美自收。
初寒冬月露,
傲雪润身筹。

(作于 2022 年 10 月)

## 秋香五彩

夜雨惊奇梦，

秋香五彩来。

疫情离我去，

期盼太平回。

（作于2022年10月）

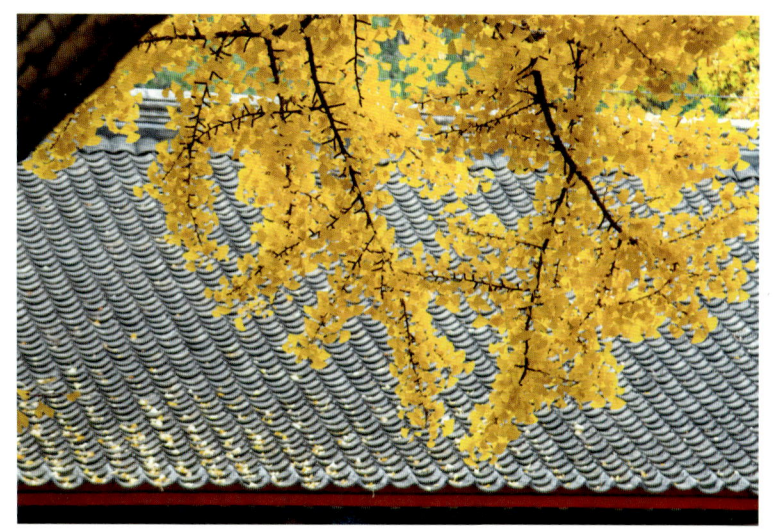

## 叶落知秋

金黄沉醉地,

杏叶落知秋。

银果熟香俏,

今朝炫彩惆。

（作于 2022 年 10 月）

## 秋日

秋日清晨静,

喧嚣困扰离。

溪潺流水戏,

山野得安怡。

(作于2022年10月)

篇叁 人间四时

## 清秋

清秋香静谧，
落叶合安情。
心悦神怡旷，
家隆国泰荣。

（作于 2022 年 11 月）

## 冰雪奇

飞行穿时空,
冰山白雪奇。
蓝图神手绘,
大地画成诗。

(作于2019年4月)

飞越苍茫野,冰山白雪奇。
蓝图神手绘,大地画成诗。
——王玉明

　　在从旧金山回国的飞机上,因腰肌劳损,我需要经常站起来在飞机过道上活动。当跨越时间变更线、穿越白令海峡时,我被大自然鬼斧神工的冰山白雪图震撼了,在飞机上做了这首五绝。回来后发给王玉明院士,他说第一句出韵,可将"飞行穿时空"改为"飞越苍茫野"。完美,不愧为大家。

一年至尾,感触颇深,健康路艰险,努力走得更远。

## 岁末

穿梭流日月,
岁末送忧伤。
玉鼠催春到,
逍遥保健康。

(作于 2019 年 12 月)

## 冬韵

雄狮红日映，
焉秀美哉诗。
穿洞金光耀，
皇园显旷奇。

（作于 2020 年 1 月）

篇叁 人间四时

# 花叶落

秋去冬来日，
朝霞水雾朦。
寒霜花叶落，
恍惚蜃楼瞳。

（作于2020年11月）

## 冬荷

冬荷冰面傲,

成熟亦澄明。

寒气皆无畏,

残枝禅韵清。

(作于 2021 年 12 月)

## 瑞雪

瑞雪无痕落，
飞花不晓寒。
阁亭银树恋，
把酒咏歌欢。

（作于 2022 年 1 月）

篇肆

人间烟火

## 人间烟火

人间烟火气,
百姓阖家愉。
吃喝平常态,
身心健稳需。

(作于 2022 年 6 月)

## 忆故人

江畔余晖下，
红霞映满天。
乡愁情未了，
追忆故人年。

（作于2016年8月）

## 淡泊

蓦然回首事，
欲语少言轻。
淡泊头情爽，
心平悦色明。

（作于2018年8月）

篇肆 人间烟火

## 除夕夜

欢愉除夕夜,
土豕报春来。
日月轮回走,
新年遇喜财。

(作于 2019 年 2 月)

2019年9月30日，有幸参加国庆观礼、阅兵式和群众联欢晚会，盛况空前，有感祖国越来越强盛，赋五绝三首，以此纪念。

篇肆 人间烟火

## 国庆颂一

七十辉煌日，
生机璀璨祥。
深情诗画语，
祖国富而康。

（作于2019年9月）

## 国庆颂二

震撼人心式，
强军重器磐。
豺狼肝胆破，
华夏国民安。

(作于2019年9月)

## 国庆颂三

愉悦心情表,
烟花映遍天。
辉煌家国美,
今晚夜不眠。

(作于 2019 年 10 月)

## 除夕

猪走来庚鼠,
温馨贺岁祥。
盼除瘟疫患,
国泰福民康。

(作于2020年1月)

篇肆 人间烟火

## 齐援手

江城临病毒,

肺疾染黎民。

四面齐援手,

炎黄一脉亲。

（作于2020年2月）

## 随缘

得失随缘走,
心无苦恼愁。
只求轻简过,
更上一层楼。

（作于2020年9月）

## 岁尾

牛奔吟虎啸,

年尾念亲人。

身健心康盼,

祥鹏顺遂真。

(作于 2021 年 12 月)

## 老友周年祭

周年诗祭拜，
师友谊亲情。
心感知恩遇，
苍天念至兄。

（作于 2021 年 12 月）

篇肆 人间烟火

近代以来，由于不少剧种的"末"行已逐渐归入"生"行，丑角一般都是剧中的神来之笔，我称之为"神丑"。

## 国粹

旦净生神丑，

斑斓色彩缤。

新春情国粹，

欢喜泰民亲。

（作于2022年2月）

## 元宵节

一年初远眺，

明月伴辉霄。

春雪画皇景，

冬蓝镜映朝。

（作于2022年2月）

## 六十一岁有感

六十又加一,
馨心忆往年。
力争平静态,
余日健康篇。

(作于 2022 年 3 月)

### 清明祭

明灯燃一盏,

寄托故人萦。

心梦天堂念,

哀歌祭祀情。

（作于2022年4月）

### 盼望

天女知春去，
芬芳大地花。
全民心意愿，
疫走静嘉奢。

（作于2022年4月）

## 好书推荐

好书情意读，

受益者心欣。

布道从容淡，

诗文学海勤。

（作于2022年5月）

读苏青老师的科学文化随笔集《青诗白话道真言》，撰写推荐语而作。

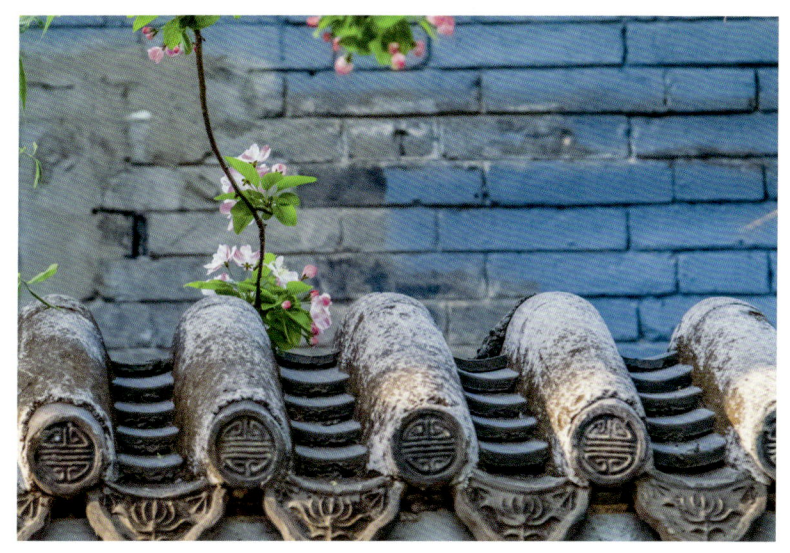

### 淡香愿

花光晨艳秀，

俏影伴亭台。

清雅淡香愿，

悠然自得偎。

（作于 2022 年 5 月）

## 喜气祥

夕阳西下耀，
万寿闪金光。
心盼疫情逝，
开怀喜气祥。

（作于2022年5月）

肆 人间烟火

## 念乡愁

长假欢喜到，
皇城内慢游。
看书加会友，
细雨念乡愁。

（作于 2022 年 10 月）

## 喜泛舟

清漪园假日，
宾客久违游。
细雾遮湖面，
清闲喜泛舟。

（作于 2022 年 10 月）

篇肆 人间烟火

## 野餐山水涧

秋日奇峰秀,
游居览雾灵。
野餐山水涧,
慈爱献温馨。

（作于2022年10月）

## 疫情狞

静赏花飞落，
随缘自在清。
心翔矜动跃，
谨记疫情狞。

（作于 2022 年 11 月）

## 老友情

匆促钦州访，
心怀老友情。
海豚惊喜现，
美好忆牵萦。

（作于2022年11月）

## 微光

冬雪生寒意，
微光暖寸心。
疫情需控守，
喜悦自安斟。

（作于2022年12月）

## 顺康安

林荫路边走，

心欢美喜翔。

艰辛时段挺，

继续顺安康。

（作于2022年12月）

## 辞旧迎新

辞旧迎新岁，

艰辛苦懊糟。

阳康寒走远，

你我福安高。

（作于2022年12月）

篇肆 人间烟火

## 迷茫

雾里观山景，
迷茫脑海增。
疫情期未了，
防护自危升。

（作于2023年1月）

## 古龙腾飞

驾古龙飞跃,
新歌甲子篇。
页岩油气出,
再续百年缘。

(作于 2024 年 2 月)